نیتا اسپتال گئی

Nita Goes to Hospital

Story by Henriette Barkow

Models and Illustrations by Chris Petty

Urdu translation by Qamar Zamani

mantra lingua

نیتا رَوکی کے ساتھ گیند کھیل رہی تھی۔ ''پکڑو!'' نیتا چلاّئی۔ رَوکی کُودا، گیند نہیں پکڑ سکا
اور اُس کے پیچھے بھاگا، پارک سے نکل کر سڑک پر آگیا۔ ''رُکو! رَوکی! رُکو!'' نیتا چلاّئی۔
وہ رَوکی کو پکڑنے میں اتنی محو تھی کہ اُس نے دیکھا ہی نہیں۔۔۔

Nita was playing ball with Rocky. "Catch!" she shouted. Rocky jumped, missed and ran after the ball, out of the park and into the road. "STOP! ROCKY! STOP!" Nita shouted. She was so busy trying to catch Rocky that she didn't see ...

کہ سامنے کار تھی۔

the CAR.

ڈرائیور نے زور سے بریک پر پیر مارا۔ سِکر یچ! لیکن بہت دیر ہو چکی تھی۔ دھب! کار نے نیتا کو ٹکر ماری اور ایک دلخراش چر چراہٹ کی آواز کے ساتھ ساتھ نیتا زمین پر گر گئی۔

The driver slammed on the brakes. SCREECH! But it was too late! THUD!
The car hit Nita and she fell to the ground with a sickening CRUNCH.

”نیتا!“ امّاں نے چیخ ماری ”کوئی ایمبولینس کو بُلائے!“ اُنہوں نے چلاّ کر کہا۔

وہ نیتا کو سنبھالے ہوئے اُس کے بالوں کو تھپک رہی تھیں۔

ڈرائیور نے ایمبولینس بلانے کے لئے ٹیلی فون کیا۔

”امّاں، میری ٹانگ میں بہت تکلیف ہے۔“ نیتا نے رو کر کہا۔ اُس کی آنکھوں سے بڑے بڑے آنسو نکل کر گالوں پر بہہ رہے تھے۔

”مجھے معلوم ہے کہ تمہیں بہت درد ہو رہا ہے۔ لیکن یہ کوشش کرو کہ زیادہ ہلو نہیں۔“ امّاں بولیں۔ ”بہت جلد مدد پہنچ جائے گی۔“

"NITA!" Ma screamed. "Someone call an ambulance!" she shouted, stroking Nita's hair and holding her.

The driver dialled for an ambulance.

"Ma, my leg hurts," cried Nita, big tears rolling down her face.

"I know it hurts, but try not to move," said Ma. "Help will be here soon."

RAMEDIC AMBULANCE
Surrey and Sussex NHS
Healthcare NHS Trust
AMBU
KEEP

ایمبولینس پہنچ گئی اور دو طبی امداد دینے کے تربیت یافتہ آدمی ایک اسٹریچر لے کر آئے۔

"ہیلو۔ میں جان ہوں۔ تمہاری ٹانگ بہت سوجی ہوئی ہے۔ ہو سکتا ہے ٹوٹ گئی ہو۔
میں یہ لکڑی کی پٹیاں لگاؤں گا تاکہ تمہاری ہڈی ہل نہ سکے۔"

نیتا نے اپنا ہونٹ کاٹا۔ ٹانگ میں بے حد درد ہو رہا تھا۔

"تم ایک بہادر لڑکی ہو۔" اُس نے نیتا کو آہستگی سے اسٹریچر پر لِٹا کر ایمبولینس کی طرف جاتے ہوئے کہا۔ امّاں بھی ساتھ چڑھ گئیں۔

The ambulance arrived and two paramedics came with a stretcher.
"Hello, I'm John. Your leg's very swollen. It might be broken," he said.
"I'm just going to put these splints on to stop it from moving."
Nita bit her lip. The leg was really hurting.
"You're a brave girl," he said, carrying her gently on the stretcher to the ambulance. Ma climbed in too.

نیتا اسٹریچر پر لیٹی تھی اور امّاں کا ہاتھ سختی سے پکڑ رکھا تھا۔ ایمبولینس تیزی سے اسپتال کی طرف جانے والی سڑکوں پر بھاگ رہی تھی۔ سیٹیاں چیختی ہوئی جلتی بجھتی روشنیوں کے ساتھ۔

Nita lay on the stretcher holding tight to Ma, while the ambulance raced through the streets - siren wailing, lights flashing - all the way to the hospital.

اسپتال کے دروازے پر سینکڑوں لوگ تھے۔ نیتا کو بہت ڈر لگ رہا تھا۔
"اوہ پیاری بچی، تمہیں کیا ہوا ہے؟" ایک مہربان نرس نے پوچھا۔
"ایک کار نے مجھے ٹکر ماردی اور میری ٹانگ میں بہت درد ہو رہا ہے۔" نیتا نے اپنے آنسو پیتے ہوئے کہا۔
"جیسے ہی ڈاکٹر تمہیں دیکھ لے گا ہم تمہیں درد کے لئے دوا دے دینگے" اُس نے کہا۔
"اَب مجھے تمہارا ٹمپریچر لینا ہے اور اُس کے بعد تھوڑا سا خون لیں گے تمہیں ہلکی سی چُبھن ہو گی۔"

At the entrance there were people everywhere. Nita was feeling very scared.
"Oh dear, what's happened to you?" asked a friendly nurse.
"A car hit me and my leg really hurts," said Nita, blinking back the tears.
"We'll give you something for the pain, as soon as the doctor has had a look," he told her. "Now I've got to check your temperature and take some blood. You'll just feel a little jab."

RECEPTION
CASUALTY
X-RAY

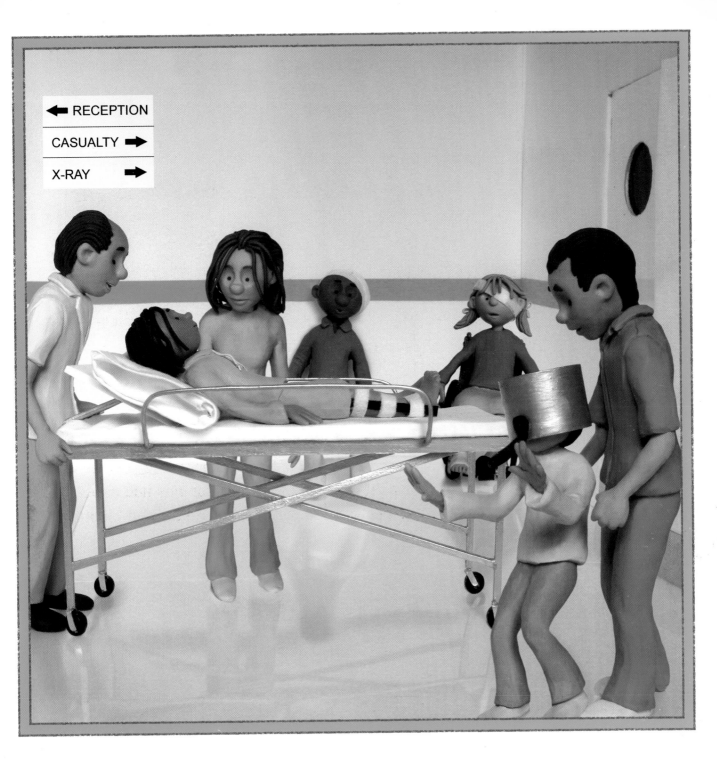

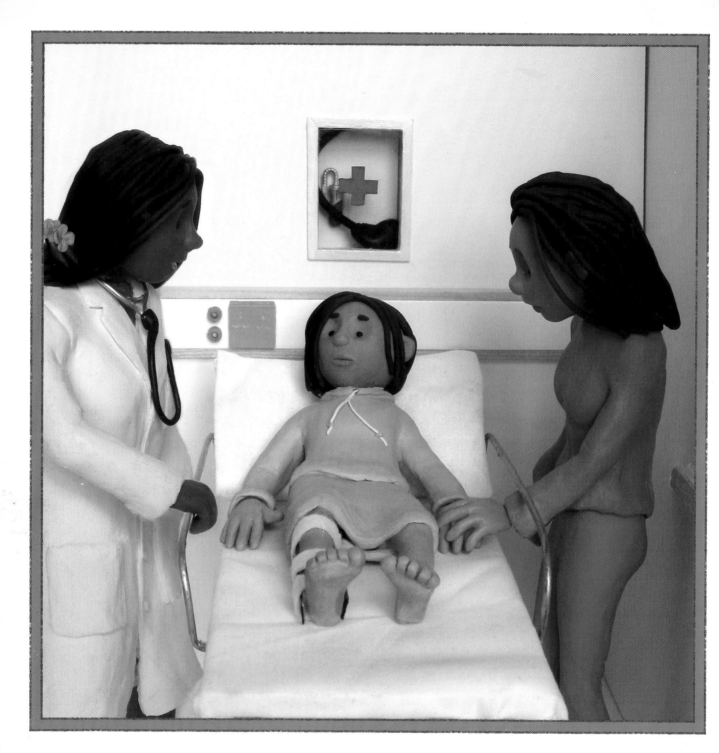

پھر ڈاکٹر آ گئی۔ ”ہیلو نیتا۔“ وہ بولی ”اوہ، یہ کیسے ہو گیا؟“
” کار نے مجھے ٹکر ماری۔ میری ٹانگ میں بہت درد ہو رہا ہے۔“ نیتا نے سِسکی بھری۔
”میں تمہیں درد ختم کرنے کی دوا دے دوں گی۔ اَب ذرا تمہاری ٹانگ کو دیکھیں۔“ ڈاکٹر نے کہا۔
”ہم، م، لگتا ہے ٹانگ ٹوٹ گئی ہے۔ ہمیں ایکسرے کے ذریعے اچھی طرح جانچنا ہو گا۔“

Next came the doctor. "Hello Nita," she said. "Ooh, how did that happen?"
"A car hit me. My leg really hurts," sobbed Nita.
"I'll give you something to stop the pain. Now let's have a look at your leg," said the doctor. "Hmm, it seems broken. We'll need an x-ray to take a closer look."

ایک مہربان ملازم نیتا کے اسٹریچر کو دھکیلتا ہوا ایکسرے ڈیپارٹمنٹ میں لے گیا جہاں بہت سے لوگ انتظار کر رہے تھے۔
آخر کار نیتا کی باری آگئی۔ ”ہیلو نیتا۔“ ریڈیوگرافر نے کہا۔ ”اِس مشین کے ذریعے میں تمہاری ٹانگ کے
اندر کی تصویر لوں گی۔“ اُس نے ایکسرے مشین کی طرف اشارہ کرتے ہوئے کہا۔ ”گھبراؤ نہیں۔
تمہیں تکلیف نہیں ہوگی۔ بس تم بغیر ہلے جُلے چپ چاپ بیٹھی رہنا اور میں تصویر لے لوں گی۔“

نیتا نے سر ہلایا۔

A friendly porter wheeled Nita to the x-ray department where lots of people were waiting.
At last it was Nita's turn. "Hello Nita," said the radiographer. "I'm going to take a picture of the inside of your leg with this machine," she said pointing to the x-ray machine. "Don't worry, it won't hurt. You just have to keep very still while I take the x-ray."
Nita nodded.

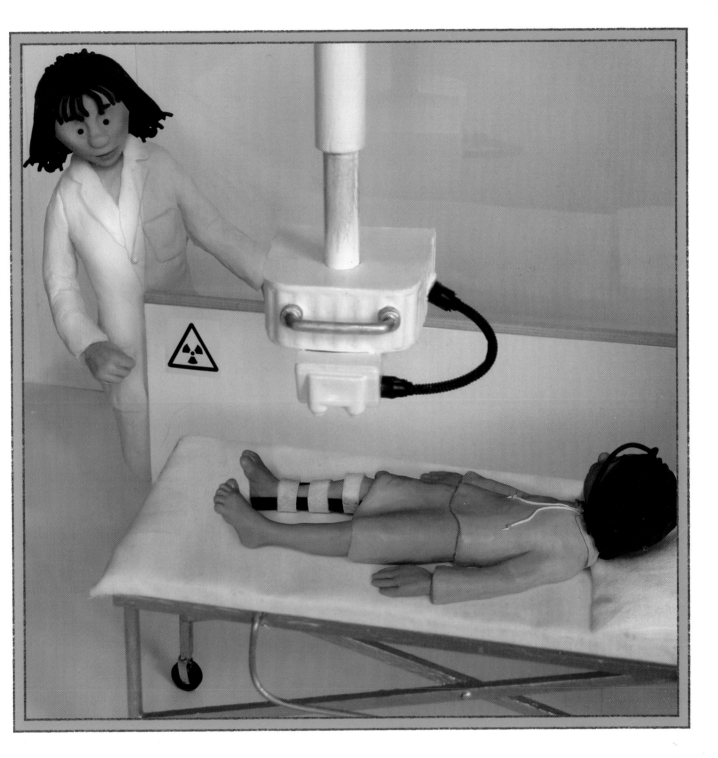

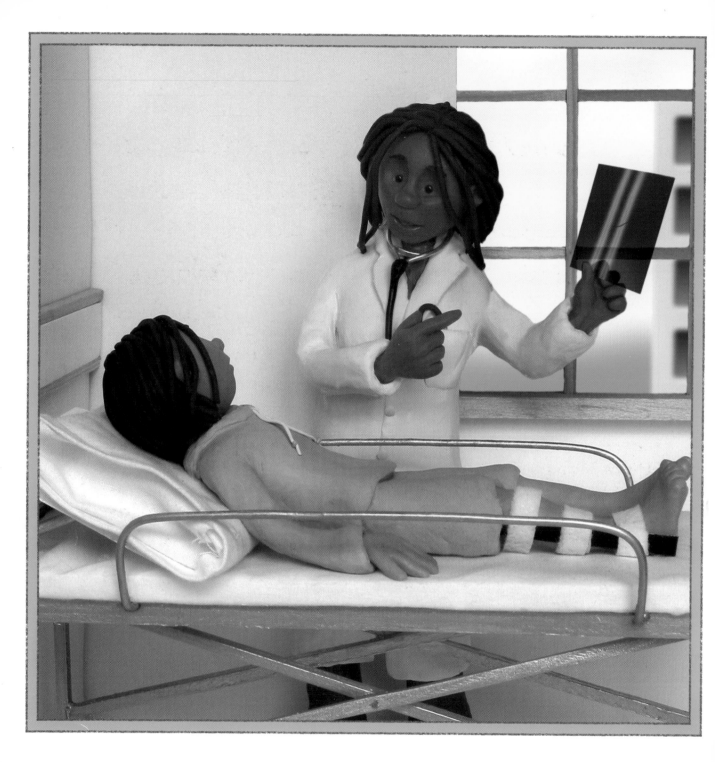

تھوڑی دیر کے بعد ڈاکٹر ایکسرے لے کر آئی۔ اُس نے تصویر کو اُوپر اُٹھا کر نیتا کو دکھایا اور نیتا کو اپنی ٹانگ کے اندر کی ہڈی نظر آگئی!

"جو میں سوچ رہی تھی وہی بات ہے۔" ڈاکٹر نے کہا۔ "تمہاری ٹانگ ٹوٹ گئی ہے۔ ہمیں اِس کو اپنی جگہ واپس لا کر اُس کو پلاسٹر کے سانچے میں ڈھالنا ہے۔ وہ ہڈی کو اپنی جگہ پر قائم رکھے گا تاکہ ہڈی جُڑ سکے۔ لیکن ابھی تمہاری ٹانگ بہت زیادہ سُوجی ہوئی ہے۔ تمہیں رات بھر یہاں رہنا ہوگا۔"

A little later the doctor came with the x-ray. She held it up and Nita could see the bone right inside her leg!
"It's as I thought," said the doctor. "Your leg is broken. We'll need to set it and then put on a cast. That'll hold it in place so that the bone can mend. But at the moment your leg is too swollen. You'll have to stay overnight."

ملازم نیتا کو بچوں کے وارڈ میں لے گیا۔ ”ہیلو نیتا۔ میرا نام روز ہے اور میں تمہاری خاص نرس ہوں۔
میں تمہاری دیکھ بھال کروں گی۔ تم بالکل ٹھیک وقت یہاں آئی ہو۔“ وہ مُسکرائی۔
”کیوں؟“ نیتا نے پوچھا۔
”کیونکہ اَب کھانے کا وقت ہے۔ ہم تمہیں بستر میں بٹھادیں گے اور اُس کے بعد تم کھانا کھا سکتی ہو۔“
نرس روز نے نیتا کی ٹانگ کے چاروں طرف کچھ برف رکھا اور اُس کو ایک اور تکیہ دیا،
اُس کے سر کے لئے نہیں بلکہ اُس کی ٹانگ کے لئے۔

The porter wheeled Nita to the children's ward. "Hello Nita. My name's Rose and I'm your special nurse. I'll be looking after you. You've come just at the right time," she smiled.
"Why?" asked Nita.
"Because it's dinner time. We'll pop you into bed and then you can have some food."
Nurse Rose put some ice around Nita's leg and gave her an extra pillow, not for her head... but for her leg.

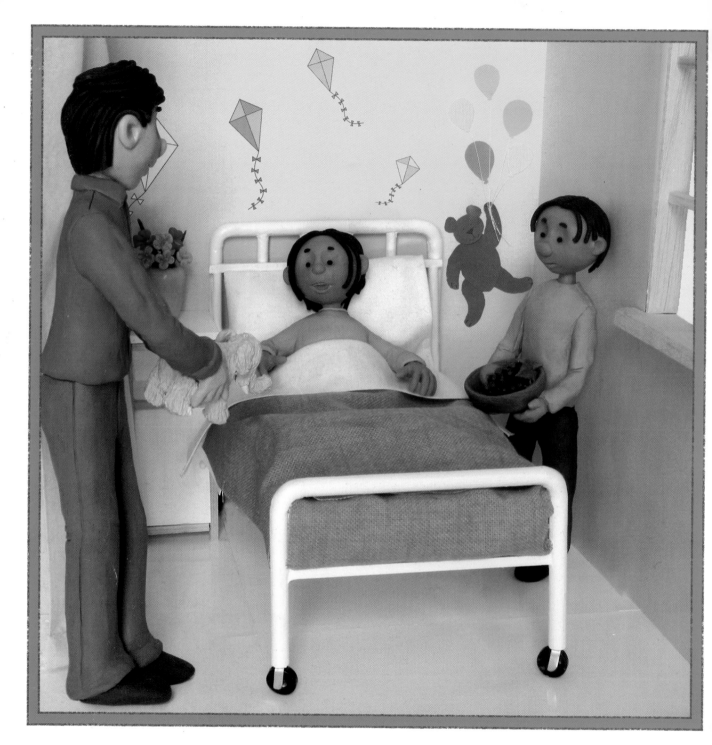

کھانے کے بعد اّبا اور جے بھی آ گئے۔ ابّا نے اُس کو گلے لگا کر پیار کیا اور اُس کا پسندیدہ کھلونا اُس کو دیا۔

"آب ذرا تمہاری ٹانگ دیکھیں؟ جے نے پوچھا۔" اُف، کتنی بُری حالت ہے۔

"کیا اِس میں درد ہو رہا ہے؟"

"بہت زیادہ" نیتا نے کہا۔ "لیکن اُنہوں نے مجھے درد کم کرنے کی دوا دے دی ہے۔"

نرس روز نے دوبارہ نیتا کا ٹمپریچر لیا۔ "اَب تمہارے سونے کا وقت ہے۔" اُس نے کہا۔

"تمہارے ابّا اور بھائی کو تو جانا پڑے گا لیکن تمہاری امّاں یہاں رہ سکتی ہیں۔۔۔ ساری رات۔"

After dinner Dad and Jay arrived. Dad gave her a big hug and her favourite toy.
"Let's see your leg?" asked Jay. "Ugh! It's horrible. Does it hurt?"
"Lots," said Nita, "but they gave me pain-killers."
Nurse Rose took Nita's temperature again. "Time to sleep now," she said.
"Dad and your brother will have to go but Ma can stay... all night."

دوسرے دن صبح ہی صبح ڈاکٹر نے نیتا کی ٹانگ کا معائنہ کیا۔
"اَب تو اُس کی حالت کافی بہتر ہے۔" وہ بولی "اَب ہم اِس کو سانچے میں رکھیں گے۔"
"اِس کا کیا مطلب ہے؟" نیتا نے پوچھا۔
"ہم تمہیں بے ہوشی کی دوا دیں گے جس سے تم سو جاؤ گی۔ پھر ہم ہڈی کو اپنی صحیح جگہ پر لا کر ایک پلاسٹر کے سانچے میں رکھ دیں گے۔ گھبراؤ نہیں۔ تمہیں کچھ بھی محسوس نہیں ہو گا۔" ڈاکٹر نے کہا۔

Early next morning the doctor checked Nita's leg. "Well that looks much better," she said. "I think it's ready to be set."
"What does that mean?" asked Nita.
"We're going to give you an anaesthetic to make you sleep. Then we'll push the bone back in the right position and hold it in place with a cast. Don't worry, you won't feel a thing," said the doctor.

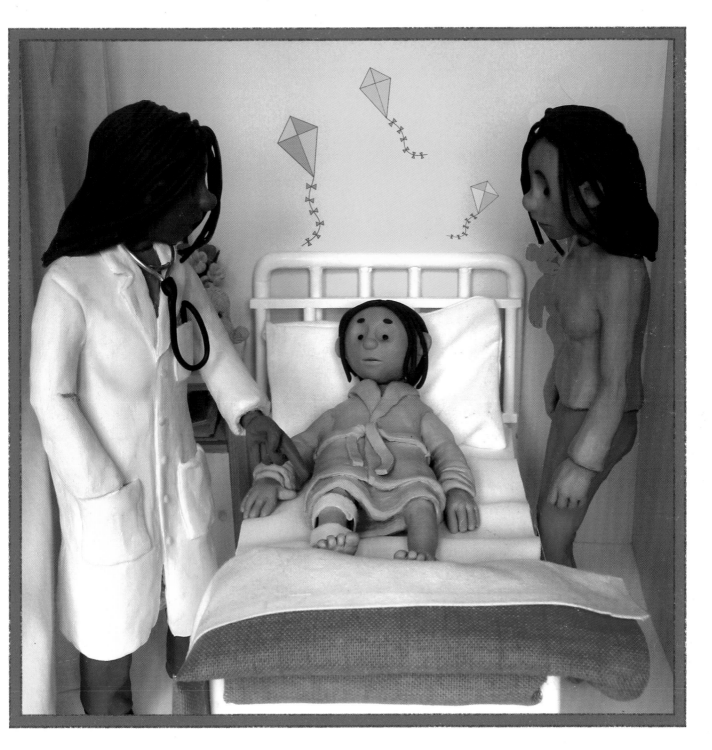

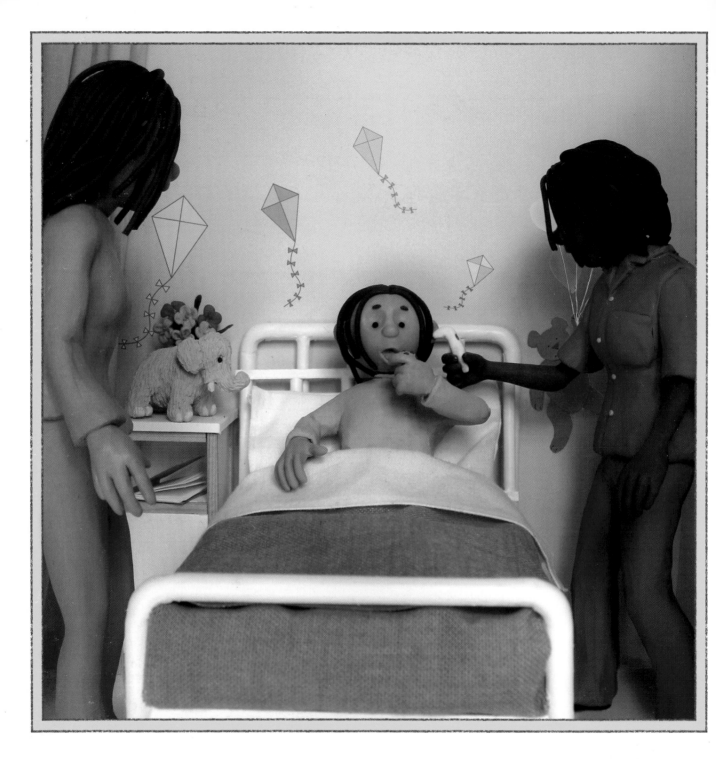

نیتا کو ایسا لگا جیسے وہ ایک ہفتے تک سوتی رہی ہے۔ ”امّاں میں کتنی دیر تک سوتی رہی؟“ اُس نے پوچھا۔

”صرف ایک گھنٹے تک۔“ امّاں نے مُسکرا کر کہا۔

”ہیلو نیتا“ نرس روز نے کہا۔ ”تمہیں جاگتے ہوئے دیکھ کر خوشی ہو رہی ہے۔ تمہاری ٹانگ کیسی ہے؟“

”ٹھیک ہے۔ لیکن بہت بھاری اور سخت لگ رہی ہے۔“ نیتا نے کہا۔ ”کیا میں کچھ کھا سکتی ہوں؟“

”ہاں، جلدی ہی دوپہر کے کھانے کا وقت آ رہا ہے۔“ روز نے کہا۔

Nita felt like she'd been asleep for a whole week. "How long have I been sleeping, Ma?" she asked.
"Only about an hour," smiled Ma.
"Hello Nita," said Nurse Rose. "Good to see you've woken up. How's the leg?"
"OK, but it feels so heavy and stiff," said Nita. "Can I have something to eat?"
"Yes, it'll be lunchtime soon," said Rose.

دوپہر کے کھانے تک نیتا بہت بہتر محسوس کر رہی تھی۔ روز نرس نے اُس کو پہیّے دار کرسی میں بٹھایا تاکہ وہ دوسرے بچوں کے ساتھ کھانا کھا سکے۔

”تمہیں کیا ہوا؟“ ایک لڑکے نے پوچھا۔

”میری ٹانگ ٹوٹ گئی ہے۔“ نیتا نے کہا ”اور تُم؟“

”میرے کانوں کا آپریشن ہوا ہے۔“ لڑکے نے کہا۔

By lunchtime Nita was feeling much better. Nurse Rose put her in a wheelchair so that she could join the other children.
"What happened to you?" asked a boy.
"Broke my leg," said Nita. "And you?"
"I had an operation on my ears," said the boy.

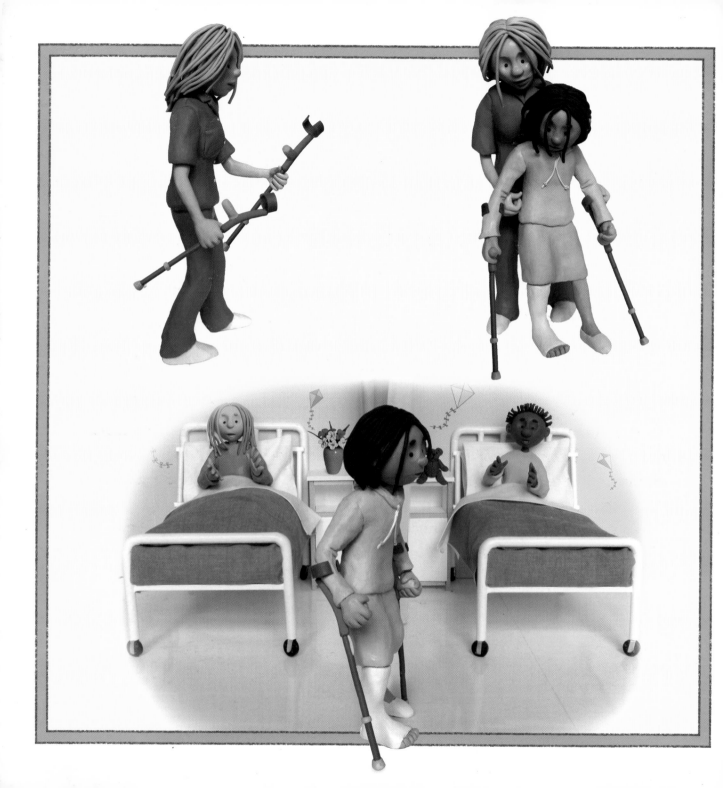

سہ پہر کو مالش اور ورزش کروانے کی ماہر اپنے ساتھ بیساکھی لے کر آئی۔

"یہ لو نیتا۔ اِن کی مدد سے تم چل پھر سکتی ہو۔" وہ بولی۔

لڑکھڑاتے ہوئے، ڈگمگاتے ہوئے، دھکّا دیتے ہوئے اور پکڑتے ہوئے،
نیتا جلد ہی وارڈ میں گھومنے لگی۔

"شاباش۔" ورزش کی ماہر نے کہا۔ "میرا خیال ہے تم اَب گھر جانے کے لئے تیار ہو۔
میں ڈاکٹر کو بُلاتی ہوں تاکہ وہ تمہیں دیکھ لے۔"

In the afternoon the physiotherapist came with some crutches. "Here you are Nita. These will help you to get around," she said.
Hobbling and wobbling, pushing and holding, Nita was soon walking around the ward.
"Well done," said the physiotherapist. "I think you're ready to go home. I'll get the doctor to see you."

اُس شام امّاں، ابّا، جے اور رَوکی نیتا کو لینے کے لئے آئے۔

"خوب" جے نے نیتا کا پلاسٹر دیکھ کر کہا۔ "کیا میں اِس پر تصویر بنا سکتا ہوں؟"

"ابھی نہیں! جب ہم گھر جائیں گے تب۔" نیتا بولی۔

لگتا ہے یہ پلاسٹر کا سانچہ کوئی اتنی بُری چیز نہیں ہوگی۔

That evening Ma, Dad, Jay and Rocky came to collect Nita.
"Cool," said Jay seeing Nita's cast. "Can I draw on it?"
"Not now! When we get home," said Nita. Maybe having a
cast wasn't going to be so bad.